MAILLY,

OU LE

TRIBUT DE LA RECONNAISSANCE,

ODE,

Par A. J. CARBONELL,

Professeur au Collége de Perpignan, membre de plusieurs Sociétés littéraires.

A Madame de Clavies. —
hommage de l'auteur.

À PERPIGNAN,

Chez J. Alzine; Imprimeur de S. A. R. Monsieur, frère du Roi.
1820.

Y+ Ye Ⓒ 39824

NOTICE

SUR

JOSEPH-AUGUSTIN

DE MAILLY-D'HAUCOURT.

C'est une bien noble vertu, une vertu bien facile sur-tout que la reconnaissance ; mais qu'elle est rare néanmoins de nos jours !... Malheur à l'homme qu'humilie ou fatigue le souvenir des bienfaits qu'il reçut ! Il est si doux d'attacher ses regards, d'arrêter sa pensée sur ceux qui nous prêtèrent une secourable main ! Il est si beau de trahir le secret dont s'enveloppe souvent leur modestie, et de dévoiler aux hommes ces passagères providences que la Providence éternelle met ici bas près du malheur !..... Si notre bienfaiteur n'est plus, il est si consolant de le faire revivre dans nos pieux regrets, de mouiller de nos larmes son monument funèbre, de lui en élever un autre dans le cœur de nos enfans, et de faire balbutier à ces langues innocentes des bénédictions que le ciel se plaît à entendre.

L'ami s'honore en publiant les bienfaits reçus de l'ami ; les villes et les peuples travaillent à leur propre gloire, en consacrant le souvenir de ces hommes trop rares, qui, revêtus de grandeur et de puissance, les employè-rent à faire des heureux.

Mais, qu'elle est noble ; qu'elle est belle , la fonction de l'écrivain qui s'imposa le soin d'exprimer les sentimens d'une vaste contrée ! Interprète des peuples, il s'élève , il s'agrandit , en parlant en leur nom à la postérité , il s'abandonne avec délices aux mouvemens d'un généreux orgueil.... Voilà ce qu'éprouvera l'écrivain Roussillonnais, en célébrant la mémoire de notre ancien protecteur , JOSEPH-AUGUSTIN DE MAILLY.

Un prix était proposé pour l'éloge historique de ce guerrier , et je regrettai vivement que des travaux inattendus ne me permissent pas d'entrer dans la carrière. J'ai diminué mes regrets en écrivant le petit Poëme que je présente aujourd'hui, et pour lequel je demande et j'ose espérer l'indulgence en faveur de l'intention. Avant de lire mon ouvrage, il sera bon de porter un regard sur la vie du Héros : je trace une rapide esquisse.

Peu de familles remontent aussi haut dans les temps que celle de MAILLY. Dès le onzième siècle elle est déjà distinguée par les plus brillans emplois. Anselme de MAILLY , dès l'an 1050 , commande les armées du Comte de Flandres , et partage ensuite avec DREUX , Sire de COUCI , la régence de la Province.

Dans le Conseil des Rois , dans les premières fonctions diplomatiques , dans les plus éminentes dignités de l'armée, partout, on trouve des MAILLY. Ce sang illustre se mêle à celui des maisons Souveraines , à celui même des Monarques français.

De ce sang généreux naissait, en 1708, l'ami, le bienfaiteur de nos heureuses contrées , le brave JOSEPH-

AUGUSTIN ; héritier des vertus qui distinguèrent ses ancêtres , il était fait pour laisser à son tour des exemples
à imiter. Ambitieux de courir la carrière des Héros ,
il embrasse de bonne heure la profession des armes ; à
peine âgé de dix-huit ans , il entre au service , passe
par tous les grades et apprend à obéir pour savoir commander un jour.

La guerre est déclarée en 1733 , et MAILLY , au siége
de Kell , a fait éclater sa valeur. Elle brille d'un nouveau
lustre aux lignes de Stolhoffen , au siége de Philisbourg ,
à l'affaire de Clauzen.

MAILLY , en 1741 , passe à l'armée que commande
Maillebois en Westphalie , marche sur les frontières de
la Bohème et de la Bavière , et se fait remarquer à l'attaque de Daumis , et se distingue au siége de Brannaw.
Rentré en France , en 1743 , avec la gendarmerie , bientôt
on le voit figurer à l'affaire de Reynach, et concourir
puissamment à la défense de l'Alsace. Son intrépidité
se montre toute entière à l'attaque fameuse des lignes
de Weissembourg : la cavalerie ennemie a rompu et mis
en désordre deux de nos régimens ; avec cent cinquante
gendarmes , MAILLY fond sur les vainqueurs et les repousse
dans leurs lignes. L'infanterie s'avance au secours du
corps repoussé , elle est à son tour culbutée. MAILLY ,
une seconde fois , charge la cavalerie qui tourne encore
le dos ; il disperse l'infanterie , qui souffre une perte
nombreuse ; il reprend, il enlève quarante officiers prisonniers , et dans cette action mémorable où il a lutté en
Héros contre des forces immenses , voit périr près de

lui quatre-vingt-quatorze des siens, tombe lui-même à leur tête sous son cheval abattu, et mérite et obtient les éloges de son Roi.

L'affaire de Reischewaux, les siéges de Fribourg, de Tournay, d'Oudenarde, de Dendermonde et d'Ath ont fait briller à la fois et ses talens et son courage; il passe, en 1746, à l'armée d'Italie, et commande un corps de réserve qui, après l'affaire d'Astie, contient les ennemis sur les rives du Tanaro; à la bataille de Plaisance, notre colonne droite, qui marche sous ses ordres, a triomphé des corps qui lui étaient opposés; elle les force dans leurs retranchemens, et attaque, et emporte le château d'Orsolingo. Cependant notre centre est défait, la phalange victorieuse est séparée du reste de l'armée, une retraite difficile est le seul moyen de salut : aussi prompt à résoudre qu'habile à tout calculer, MAILLY que rien n'ébranle, marche vers les murs de Plaisance. Vainement la cavalerie ennemie veut lui fermer le passage; il l'enfonce, il la disperse, enlève des canons, fait cent cinquante prisonniers, et triomphant, va rejoindre nos braves.

Chargé de reconnaître l'armée du Roi de Sardaigne, il a mis en défaut, par ses dispositions savantes, la vigilance des ennemis auxquels il ôte les moyens de lui nuire dans sa retraite; il arrive aux bords du Pô, vole de là au Tidon, et, avec son corps de réserve, achève un combat glorieux. Ses talens, sa prudence, autant que sa bravoure, fixaient de jour en jour l'attention générale; bientôt l'arrière garde de l'armée marche en partie sous

ses ordres depuis Gênes jusqu'en Provence ; il défend
ce beau pays , contribue à la reprise des îles Sainte
Marguerite, et bat de nouveau le Sarde au passage du Var.

Dans l'affaire de l'Assiète où il commande notre colonne
gauche , bravant le feu redoublé d'une nombreuse artil-
lerie , il s'empare d'un défilé que défendaient des forces
supérieures , et blessé d'un coup de feu , verse sur le
champ de bataille un sang de tout temps dévoué à sa patrie
et à ses Rois. Bientôt est confiée à sa capacité l'arrière-garde
de l'armée; à la tête des grenadiers il marche vers
Briançon , contient les ennemis, vole au Comté de Nice,
et , dans le combat de la Roya , donne des preuves nou-
velles d'une sagesse égale à son intrépidité.

La guerre se rallume ; MAILLY à Hastembeck opère des
prodiges , et notre colonne droite, qui marche sous ses
ordres, donne à nos armes un triomphe nouveau.

Un jour cruel devait briller , jour qui immortalise
la valeur du Héros; la funeste bataille de Rosbach est
livrée. Avec deux seules brigades , (pourquoi n'eut-il
point alors toute notre cavalerie ?) avec deux seules
brigades, MAILLY venge nos pertes , et la superbe gendarmerie Prussienne est par lui taillée en pièces. Atteint
d'un coup de sabre à la tête, privé de sentiment, il
tombe, et prisonnier de Frédéric , force l'admiration de
ce Roi grand Capitaine.

Seconde Providence des compagnons de sa captivité ,
on vit alors MAILLY remplacer auprès de ces braves la
patrie absente, prodiguer sa fortune pour leur soula-
gement , épuiser ses ressources , et plutôt que de sou-

pendre le cours de ses bienfaits , recourir noblement à dès richesses étrangères. Rendu à la liberté, bientôt il vole en Allemagne, fait les campagnes de 1760, 61 et 62, se distingue à Corbach, à Soest, à Unna, assiste à Filinghaussen, à la reprise de Cassal, combat à Grebestein, à Fridberg, à Amenebourg, agrandit de jour en jour un nom depuis long-temps illustre, et sème de tous côtés les glorieux souvenirs.

Aussi recueillait-il les preuves de l'estime, et de la reconnaissance du Prince. Décoré en 1740, de ce ruban qu'un Monarque, grand Homme, donna pour récompense à la bravoure, à la fidélité, il est nommé brigadier des armées en 1743, et Maréchal de Camp en 1745. Gouverneur d'Abbeville deux années après, il devient, la troisième, Lieutenant-général des armées du Roi. En 1749, il est créé Inspecteur général de la cavalerie et des dragons; il est nommé la même année Lieutenant-général et Commandant en chef de notre heureuse Province. La direction des camps et forces militaires pour la ligne des Pyrénées, les côtes de notre mer et les frontières des Alpes, est confiée à ses soins en 1771; il est nommé, cinq ans après, Chevalier des ordres du Roi; enfin, en 1783, il reçoit des mains de Louis le sceptre de la valeur, il est promu au rang de Maréchal de France.

Rarement un même homme tente avec un égal succès deux genres opposés de gloire; rarement un Héros, quittant les travaux guerriers qu'un brillant éclat environne, se livre avec la même ardeur dans la retraite et le silence, aux soins pénibles de l'administration, et sait attendre patiemment une tardive renommée que, d'une aile rapide, il vit ailleurs voler vers lui.

Ce mérite si peu commun, MAILLY l'eut aussi en partage ; chargé du commandement de nos contrées, il a fixé sur elles ses regards, et aucun de nos besoins n'est échappé à son œil pénétrant. Fort de son zèle infatigable et de l'estime dont l'honore son Roi, il a conçu toutes les espérances ; il voit déjà notre bonheur futur, chaque mal aura son remède.

L'instruction, cette féconde source de gloire et de félicité, reprendra parmi nous son premier lustre ; notre antique université, fameuse dès son origine, victime ensuite des révolutions dont notre belle Province fut trop souvent le théâtre, sortira de ses ruines, brillera d'un éclat nouveau.... Pauvre au milieu de ses richesses presque étrangères au commerce ; l'habitant du Roussillon verra s'ouvrir des routes, et s'établir de jour en jour d'utiles communications ; des ponts seront courbés sur nos impétueux torrens, enfin maîtrisés par les digues ; des droits locaux et onéreux seront bientôt abolis ; un port jadis fréquenté, presque comblé dans la suite des temps et enfin abandonné, l'antique port d'Aphrodise sera creusé de nouveau, et présentera un asile à la marine militaire, à la marine marchande, aux vaisseaux des nations ; le commerce trop languissant s'animera d'une vie nouvelle, les arts seront encouragés, l'industrie sera excitée, et une heureuse abondance remplacera enfin la triste pauvreté.

Tous ces projets du Héros sont remplis; nulle espérance n'est déçue. Et que ne fait pour nous encore ce généreux ami ?.... Protecteur déclaré de toutes les infortunes, il porte au pied du Trône toutes les réclamations. Aux bienfaits qu'il sollicite, et qu'il obtient pour nous, se joignent ses propres bienfaits; il dote la fille indigente, il adopte l'orphelin, il agrandit à ses frais des hospices, il tend de tous côtés à des familles malheureuses une secourable main, nos temples s'enrichissent de ses dons magnifiques, il n'est heureux qu'autant qu'il verse ses largesses, il s'appauvrit pour satisfaire sa noble générosité. Il se plaît au milieu de nous, il est chez nous au sein de sa famille, il aime à se voir entouré de ceux qu'il nomme ses enfans, et sa présence chérie, celle de sa digne compagne, de cette femme charmante, en qui le ciel prodigue, se plut à parer la bonté, de tout l'attrait de la grace, sont pour nous le signal des fêtes et des plaisirs....

Mais où m'entraîne mon imagination ? Plein de mes souvenirs, j'assiste encore à ces jeux enchantés dont s'énivrait mon enfance; je les peins comme présens, comme s'ils coulaient encore, ces jours brillans si éloignés de nous, et que suivirent de si terribles jours !...... La tempête des révolutions mugissait sourdement; elle éclate; le gouffre est ouvert; MAILLY sonde l'abyme et frémit de sa profondeur.... Fidèle soldat du Trône qu'ébranlent lentement les factions ennemies, il s'arme de nouveau pour lui. Vieillard en cheveux blancs, il a repris l'épée; il s'avance à la tête d'une noblesse géné-

reuse, il a juré le dix Août, de périr sous les ruines
de l'antique palais des Rois..... Honneur à la vertu! Mais,
que pouvaient ses généreux efforts?.... Les temps de la
colère étaient venus, le sang des Rois coula... Le crime,
comme un déluge avait inondé la France, et le vingt-cinq
Mai, 1794, MAILLY, courbé sous quatre-vingt-six ans,
puni de sa fidélité, de ses travaux, de ses services,
partageait dans les murs d'Arras, le sort auquel, on
condamnait les vertus et le génie. L'heure sonne; toujours héros, MAILLY, de cet œil intrépide dont il fixait
l'ennemi sur les champs de bataille a vu l'appareil de
mort, et le dernier vœu de son cœur, les derniers mots
que sa bouche prononce, sont le vœu et le cri de ses
nobles ancêtres « Vive le Roi ! »

Page 4, ligne 9 : « *Un prix était proposé*, etc. » : il consiste en
une médaille donnée par la Société d'agriculture du département.

P. 4, ligne 17 : « *Peu de maisons remontent aussi haut*, etc. ;
» on ne saurait, (dit La Morlière dans ses antiquités de la
» ville d'Amiens), trouver de maison encore subsistante qui
» puisse montrer des traces de son ancienne splendeur comme
» celle de MAILLY ».

P. 4, l. 26 : « *Ce sang illustre se mêle*, etc. » : dans ses
lettres patentes portant érection du Comté de MAILLY (Janvier
1744), LOUIS XV s'exprime ainsi : « il s'agit de la conservation
de l'une des plus illustres maisons de notre Royaume, alliée à
notre maison Royale, et à plusieurs autres maisons souveraines,
distinguée depuis plusieurs siècles par les grands services et les
grands emplois de ceux qui en sont issus ». (Voyez encore à ce
sujet la Généalogie de la Maison de MAILLY).

P. 5, l. 4 : « *Il embrasse de bonne heure la profession des armes* » :
il commença de servir en qualité de mousquetaire, en 1726.

P. 6, l. 2 : « *Et mérite et obtient les éloges de son Roi* » : M.
de MAILLY, lui dit LOUIS XV, à qui il fut présenté quelque
temps après l'affaire de Weissembourg, vous avez fait des

prodiges à la tête de ma gendarmerie ; je saurai vous en témoigner ma satisfaction. « Le Roi lui donna une pension de 3000 l. »

P. 7 , l. 24 : *Et prisonnier de Frédéric , force l'admiration de ce Roi , Grand Capitaine* » : M. de MAILLY, lui dit le Héros du Nord , vous m'avez causé de l'inquiétude pendant une demiheure ; comment ne vous avait-on pas donné toute la cavalerie à commander ?

P. 8, l. 1 : « *Recourir noblement à des richesses étrangères.* » Après avoir épuisé ses ressources , il prit à la banque de fortes sommes qu'il distribua sans rien réserver pour lui-même , et se fit encore admirer de Frédéric qui lui donna les plus grands éloges.

P. 9, l. 12 : « *Notre antique Université* , etc. » : elle fut érigée en 1349 , par Pierre III , Roi d'Aragon ; le Pape Clément VI la confirma cette même année ; Nicolas V , et Benoît XIII lui accordèrent des privilèges nombreux. Elle devint en peu de temps si fameuse , que la jeunesse y accourait d'Urgel , de Barcelonne , de Tarragone , ainsi qu'il conste des registres du 17.me siècle et des précédens. L'école touchait au moment d'une destruction totale lorsqu'elle se releva par le bienfait de Louis XV , à la sollicitation de M. le Comte de MAILLY. Notre Province dut encore à cet illustre protecteur l'établissement d'une Ecole militaire pour la jeune noblesse, et celui d'une maison d'instruction pour les filles indigentes.

P. 9 , l. 23 : « *L'antique port d'Aphrodise* , etc. : « le Port Vendres , (*Portus Veneris*), était fréquenté des anciens. Pomponius Mela en fait mention.

P. 10, l. 4 : « *Aux bienfaits qu'il sollicite,* etc. : « après avoir appelé la bienfaisance royale sur notre hospice des orphelins , M.gr le Maréchal avait pourvu à perpétuité à la subsistance de douze de ces infortunés. A l'époque de la naissance de M.gr le Dauphin il dota douze filles indigentes , et voulut être le parrain du premier enfant qui naîtrait de ces mariages. Il agrandit dans notre hospice le quartier destiné aux filles ; il combla de ses dons une foule de familles malheureuses, et l'on voit encore aujourd'hui , après tant de destructions , des restes imposans de la magnificence qu'il déployait dans nos Temples.

MAILLY,

OU LE

TRIBUT DE LA RECONNAISSANCE,

ODE.

Vois ces sombres rochers , empire des tempêtes,
Du fardeau des glaçons affranchissant leurs faîtes ;
Vois s'amollir ces flots durcis par les hivers !
Du liquide cristal la masse bouillonnante
Roule , et des vastes monts comblant l'urne tonnante ,
    Fait mugir l'écho des déserts.

    Sur les brûlans sommets s'est déployé l'orage.
A longs flots épanché , dans les champs qu'il ravage
Tombe et court en grondant le noir torrent des monts ;
Il bondit affranchi de ses digues profondes ,
Et du double tonnerre , et des cieux et des ondes ,
    Au loin s'ébranlent les vallons.

    Tel , agité d'un Dieu ,.. tel , bouillant de génie ,
Audacieux , superbe , un fils de l'harmonie
S'élance ;... Quel pouvoir saurait le contenir ?..
Il embrasse les temps ; sa main verse la gloire ,
Sa lyre ouvre aux vertus le temple de mémoire ,
Il incline à leurs pieds l'oublieux avenir ,
Les couvre de son aîle , et vainqueur des orages ,
    Sur le gouffre immense des âges
    Guide et soutient leur souvenir.

Tel , sur sa lyre d'or , le chantre de l'Alphée ,
Des Rois et des Héros consacrant le trophée ,
Porte leur nom sublime à la hauteur des cieux !
Tel , son brillant rival , le Pindare de Rome ,
Au rang des immortels fait asseoir le Grand-Homme,
    César , don suprême des Dieux !

Saintes filles du ciel , puissance de la terre ,
Colonnes des Etats , boulevards de la guerre ,
Fondemens de la paix , base auguste des lois,
Vous que divinisa le monde à son aurore ,
Vertus qu'il méconnut , ô vertus que j'adore ,
    C'est vous que célèbre ma voix !

Soit qu'aux graves pensers tout entières livrées ,
Loin des profanes yeux , de silence entourées ,
Eclairant l'avenir des rayons du passé ,
Vous courbiez sous le joug l'orgueilleuse licence ,
Et des mœurs et des lois cimentant la puissance
Epouvantiez le crime à vos pieds terrassé ;
Soit que , ceintes du glaive , appui de nos murailles ,
    Vous braviez l'horreur des batailles ,
    Le trépas dans les airs lancé :

C'est vous, nobles vertus , vous que ma Muse encense.
Qu'un autre au vice heureux , qu'entoure l'opulence ,
Vende l'indigne honneur de son luth effronté ;...
Nos hommages sont purs : Roussillonnaise et fière,
Ma Muse n'ira pas d'un encens adultère
    Rougir chez la postérité.

Qu'il est grand ce mortel qui , dédaignant la vie ,
Prodigue pour ses Rois , pour la douce Patrie ,
Le sang que leur vouaient ses pères belliqueux !

Qu'il est grand, des bons Rois le conseiller sévère,
Ouvrant aux vérités la puissante barrière
    Que fermait le crime hideux !

  Mais, bien plus grand encor, plus cher aux Dieux, sans
      doute,
Celui qui mesurant et l'une et l'autre route,
Soldat, conseil des Rois, disciple des Sully,
Défie au champ d'honneur la mort qui l'environne,
Citoyen généreux, éclaire au pied du Trône
L'intrigue aux noirs détours dont il est assailli !
Muses, ceignez son front d'une palme éclatante !
     Voilà le mortel que je chante !
     Sage, Héros, voilà Mailly !

Fils antique des monts, et l'orgueil de leur cime,
La tête au sein des airs et le pied dans l'abyme,
Le chêne étend au loin ses bras majestueux ;
Tel, de la nuit des temps où s'enfonce sa race,
Mailly ceint d'un éclat que nul autre n'efface,
     Etend ses rameaux généreux.

  Fleuve immense épanché du vieux gouffre des âges,
Il roule toujours pur à travers leurs orages,
Aux fleuves souverains allié mille fois.
Voyez le vaste cours de cette onde fameuse,
Fière d'avoir baigné la tige glorieuse
     D'où sortit le sceptre des Rois !

  Famille de Héros, *Etendards* des batailles,
Qu'illustraient du vaincu les vastes funérailles,
Massue aux ennemis redoutable à jamais ;
Chevaliers, que nos Rois, pour prix de la vaillance,
Environnaient d'honneurs, de gloire, de puissance,

Brillans appuis du sceptre accrus de ses bienfaits,
Je vois à ses faveurs s'égaler vos services ;
    Pauvres par vos grands sacrifices,
    Vous êtes riches de hauts faits !

  Et toi, que si souvent couronnait la victoire,
Toi, leur digne héritier, le rival de leur gloire,
De nos heureux climats illustre protecteur ;
Toi, l'ami de Louis dans l'éclat de ses fêtes,
Son ami dans les fers, alors que des tempêtes
    Roulait le foudre destructeur ;

  Ah ! puisse, du séjour des âmes fortunées,
Ta grande ombre prêter au fils des Pyrénées
Une oreille attentive et sensible à ses chants !
Puisse l'hymne pieux que ma Muse t'adresse
D'une épouse et d'un fils consolant la tendresse
    Charmer leurs ennuis renaissans !

  Jeune, des vains plaisirs MAILLY craignit l'amorce.
Son bras est loin encor des beaux jours de la force,
Et son ame déjà bouillonne de valeur :
Il consulte les temps, il demande à l'histoire
L'art terrible et profond de fixer la victoire,
A chaque effort nouveau s'irrite son ardeur,
Et plein de ses aïeux, brûlant de leur génie,
    MAILLY, comme eux à la Patrie,
    Dévoue et son bras et son cœur.

  L'aigle altier des Césars redouta son tonnerre ;
Les Alpes le voyaient, brillant foudre de guerre,
Compter, marquer ses jours par les plus beaux exploits,
Et, vainqueur, il foulait les rives de ce Tibre,
Jadis fier de baigner les champs *du Peuple libre*
    Et de commander à des Rois.

                       Kell,

Kell, Fribourg, désarmés et fumans de la foudre,
Et Philisbourg domptée, et ses lauriers en poudre,
Conteront sa valeur aux siècles à venir,
Et Weissembourg vaincue, et ses lignes savantes,
A l'ardeur du Héros barrières impuissantes
   Etonneront le souvenir.

O déplorables jours!... Trop fatale Italie!...
Plaisance, où, par le sort la vertu fut trahie,
Tu le vis soutenir l'orgueil du nom français!
Seul, il retient encor la victoire infidèle;
L'ennemi triomphant, à sa palme nouvelle
A vu se marier le funèbre cyprès;
Ses braves sont tombés le front dans la poussière,
   Et le deuil du chant funéraire
   Attriste l'hymne des succès.

Dirai-je le Héros, en des jours trop funestes,
De nos fiers bataillons guidant les nobles restes,
Ouvrant à nos débris l'Eridan étonné?
Et sa prudence calme, à son courage égale,
Moissonnant à son tour une palme rivale
   Du laurier qu'il a moissonné?

Dirai-je le Tidon où l'attend la victoire?
De nos revers fameux faut-il ouvrir l'histoire?
Peindrai-je l'ennemi ravageant nos foyers?...
MAILLY vole, et du Var il franchit le passage,
MAILLY toujours présent où s'irrite l'orage,
   Où croissent les sanglans lauriers.

Voyez à Hastembech sa brillante vaillance
Des destins envieux inclinant la balance,
Attacher la victoire à nos heureux drapeaux!
Emules de MAILLY qui s'avance à leur tête,

           B

Voyez nos fiers soldats affronter la tempête,
Orgueilleux de leur nom, orgueilleux du Héros !
L'airain qui, dans ses flancs, couvait le noir veuvage,
L'airain, messager du carnage
Devient le prix de leurs travaux.

La gloire du malheur doit l'agrandir encore,
O MAILLY !... De Rosbach luit la sanglante aurore !
Ta sagesse a prévu le long denil des revers ;
Du sang près de couler ton cœur gémit d'avance...
La trompette a sonné ; le Chevalier s'élance,
Il va chercher,... d'illustres fers.

Voyez là se former la fatale colonne !
Fier de ses doubles monts que la foudre couronne,
D'où s'apprête la mort à moissonner nos rangs,
Le soldat de la Sprée, en ce jour, invincible,
Sous l'œil de Frédéric déploie un front terrible,
Et la foudre tonne à ses flancs.

Jour funeste ! Partout vole la mort sanglante...
Comme l'or des épis sous la serpe brûlante,
Atteints du foudre aîlé succombent les Héros.
Au loin tout a plié : MAILLY résiste encore.
Ses braves embrasés du feu qui le dévore,
A la mort dévoués, ont vengé nos drapeaux :
L'impétueux MAILLY, que son ardeur entraîne,
Tombe sur la sanglante arène,
Et de son sang coulent les flots.

De la nuit du trépas à la triste lumière
Il renaît, il soulève une faible paupière,
Il voit le sort cruel enchaîner sa valeur :
Morne, les yeux baissés, il médite en silence.
Sa grande ame gémit sur les maux de la France
Oubliant son propre malheur.

Le souvenir du moins consolait ta disgrace ;
Ta prudence profonde, égale à ton audace,
Avait prédit le coup dont s'affligeait ton cœur.
Ainsi que le Héros, avait brillé le sage ;
Ta valeur, ton génie, avaient forcé l'hommage
     Du Roi-Capitaine vainqueur.

De peines, de plaisirs s'entrelace la vie ;
De l'orgueil des succès la défaite est suivie,
Tu dois au champ d'honneur faire encor des jaloux.
Bientôt,... Mais déposons la lyre des batailles ;
J'ai trop dit les combats, le sang, les funérailles ;
Muses, l'amour m'appelle à des hymnes plus doux :
Couronne-toi de fleurs, peuple des Pyrénées !
     Je redirai tes destinées,
     Le sort que Mailly fit pour nous !

Hélas ! tout parle encor de sa munificence !
Là, sa main généreuse ouvrait à l'indigence
L'école des vertus, des utiles travaux ;
L'orphelin, dans ces murs, le proclamait son père ;
Cet asile sacré recueillait sa misère,
     Doté des bienfaits du Héros...

Là, bouillante d'ardeur, une noble jeunesse
Guidant du fier coursier la nerveuse souplesse,
Préluda dans la paix aux jeux sanglans de Mars,
Apprit à diriger l'appareil de la guerre,
A manier le fer, à lancer le tonnerre
     Protecteur de nos boulevards.

Homme qu'avec amour mon souvenir contemple !
J'ai vu, de tes bienfaits, s'enrichir le saint Temple,
Mais, où porter mes pas sans y trouver tes dons ?
Torrent impétueux qui traînais le ravage,

Dans un double rempart il captive ta rage,
Sur tes flots indignés il a courbé des ponts ;
Par lui, roulent nos chars où s'ouvraient les abymes ;
    Et dominateur de leurs cimes,
    J'insulte à l'orgueil de nos monts.

Des malheureux nochers, abri sûr et tranquille,
De cent peuples divers noble et fidèle asile,
Ici se creuse un port aux spacieux contours ;
Là, pour le nautonnier luit le phare fidèle ;
Assise sur ces monts, une cité nouvelle
    Fièrement élève ses tours.

Préparez vos concerts et vos palmes savantes,
Muses qu'il consola, Muses long-temps errantes,
MAILLY parle, et j'ai vu renaître votre autel !
A sa voix refleurit le laurier de la gloire !
Muses, de votre ami, célébrez la mémoire,
    Dressez le trophée immortel !

Là, s'ouvrent les trésors de l'humaine science ;
Là, des temps et des lieux la vaste expérience
De ses codes sacrés éclairera nos arts ;
Là, j'interrogerai le Génie et ses veilles...
Ici, c'est la nature étalant ses merveilles,
De sa triple richesse étonnant mes regards :
Là, des jardins pompeux où la Flore lointaine
    Sourit à la Flore indigène,
    Ont couronné nos boulevards.

Loin de nous ces Grandeurs qu'un soupir importune !
Muses, montrez MAILLY l'espoir de l'infortune,
Dites nos maux guéris par ses soins paternels !
Appui de l'opprimé, père de sa Province,
Montrez-nous suppliant aux genoux du bon Prince
    L'ami du Trône et des Autels !

Montrez le noble Preux aux jours de la tempête,
Ceint du fer des Héros et dévouant sa tête,
Prêt à s'ensevelir sous le palais des Rois,
De valeur embrasé sous les glaces de l'âge,
Aux dangers renaissans égalant son courage
  Armé pour la dernière fois !...
Tel qu'au sein des forêts que dépeuple la foudre,
Uu chêne séculaire à ses frères en poudre
Survit, dernier géant que doit frapper le sort ;
Au milieu des débris que la foudre environne,
Montrez le Chevalier, sous les cyprès du Trône,
Enveloppé de deuil et défiant la mort !...
Amantes des vertus, célébrez leur victoire !
  Muses ! Des rayons de la gloire
  Voilez ce sang qui fume encor !...

NOTES.

Page 15, vers 23, « *Fière d'avoir baigné la tige glorieuse*
» *D'ou sortit le sceptre des Rois* ».

La Maison de MAILLY, dit son historien, pourrait être com-
parée à une source fière et bruyante qui va mêler ses eaux à
celles des premiers fleuves du monde..... On la verrait tenir à
presque toutes les Maisons souveraines..... « On la verrait se
» jeter par différens canaux dans toutes les branches de la
» Couronne de France ; s'élever jusqu'au Roi JEAN, par la
» Maison de Couci ; par celle de Craon, à LOUIS-LE-GROS et
» à HUGUES-CAPET ; à HENRI III, par celle de Moy ; aux
» Rois de Navarre, par celle d'Astarac ; remonter en serpentant
» jusqu'à LOUIS-LE-JEUNE, par le canal des Maisons de Brabant,
» de Namur et de Dompierre, et redescendre par la branche
» Royale de Condé jusqu'à LOUIS XV....., » (Généalogie de
la Maison de MAILLY.)

P. 15, v. 25, « *Famille de héros, Étendards des batailles* ».
JEAN II. de MAILLY était surnommé *l'Étendard* et *le brave chevalier*.

P. 15, v. 27, « *Massue aux ennemis redoutable à jamais* ».
Les armes de la Famille sont trois maillets ; elles vont à côté
des plus anciennes armes parlantes. (Généalogie, *etc*.)

P. 16, v. 3, « . . . . *les champs du peuple libre* ».
Ou pour mieux dire, du peuple *esclave*, de ses *Tribuns*, de
ses *Gracques*, de *Sylla*, de *Marius*, de *Catilina*, de *Pompée*, de
César, d'*Antoine*, et même de *Lépide* !..... (Ferrand, Esprit de
l'histoire.)

P. 20, v 10, « *Assise sur ces monts, une cité nouvelle*, etc. »
Le Port-Vendres fut devenu une très-jolie ville si l'administration de M. de MAILLY, se fut plus long-temps prolongée. Le
vénérable Maréchal avait pour le seconder dans ses vues pater-
nelles, un homme dont le nom mérite d'être rappelé au souvenir
de nos compatriotes ; un homme qui honora notre pays par des
vertus, des talens distingués, de longs et utiles services, M. Renard-
de-St.-Malo, officier supérieur dans le corps Royal du Génie. Ce
fut lui que le héros bienfaiteur chargea toujours de l'exécution
des travaux et pour la ville et pour le port.

P. 20, v. 18, « *La s'ouvrent les trésors de l'humaine science* ».
L'université de Perpignan dut à son généreux protecteur sa
belle bibliothèque, un superbe cabinet d'histoire naturelle, un
autre de physique expérimentale, un amphithéâtre d'anatomie,
un laboratoire de chimie, un jardin des plantes avec une chaire
de botanique, *etc. etc.*

Perpignan, le 1.er Mai 1818.

A MESSIEURS

De la Société Académique des Sciences, Lettres et Arts du département de la Loire-Inférieure, ∗

MESSIEURS,

Appelé à l'honneur de correspondre avec vous, je n'ai point essayé, en vous remerciant, de peindre ma reconnaissance. Je ne l'essaierai point aujourd'hui ; l'expression serait trop au-dessous du sentiment que j'éprouve.

Encouragé par vous, aidé de vos conseils, le talent encore faible, affermit ses pas incertains; il voit en vous, Messieurs, ses modèles, ses juges, et dans votre suffrage, le prix de ses efforts.

Que la causticité maligne qui ne fait grâce à rien, que l'amour-propre blessé, qui rarement pardonne, aiguisent l'épigramme; qu'ils nient, en y croyant, l'utilité des Sociétés académiques : la justice et la bonne foi repousseront les attaques, et défendront toujours ces nobles institutions, ces sanctuaires des lettres et des arts, où l'homme laborieux vient apporter

---

∗ Ce morceau et le poëme qui le suit furent envoyés trois mois après la réception de l'Auteur.

B 4

le fruit de ses études, et pour l'intérêt général, verser en un commun dépôt les résultats de la méditation.

L'heureuse, la grande pensée de rassembler les oracles du goût, de réunir en corps les hommes les plus distingués dans les sciences, dans les lettres, et de les opposer, comme une puissante digue, aux torrens de l'erreur et des mauvaises doctrines; cette pensée était digne du siècle que devaient illustrer tous les genres de gloire sous le règne du Grand Louis.

Chez un peuple, amoureux de tout ce qui est beau, les Muses protégées par nos Rois, devaient avoir plus d'un Temple. Bientôt nâquirent d'autres sociétés également honorées d'une Royale protection; bientôt se multiplia la palme offerte aux talens; une généreuse émulation s'alluma, et le domaine de la science fut agrandi.

Est-il, Messieurs, un plus intéressant spectacle que celui d'une réunion d'hommes dignes des lettres et des arts qu'ils cultivent, alliant au génie les qualités du cœur, vrais citoyens, sujets fidèles, passionnés pour le bien, marchant ensemble au même but, se prêtant au besoin un généreux secours, jouissant tous des succès de chacun, applaudissant avec transport à chaque gloire particulière, nouveau rayon ajouté à la grande gloire commune? Qu'il est beau de les voir se payer les uns aux autres un tribut mérité, s'éclairer mutuellement par une saine critique toujours exempte d'aigreur, adoucir par la politesse l'amertume des vérités, et soumettre, sans l'irriter, un amour-propre toujours trop irascible! Qu'il est beau de les voir, constamment occupés de recherches utiles, après avoir trouvé le bien, poursuivre et atteindre le mieux, et agrandir ainsi le précieux dépôt des connaissances humaines !

Tels furent les services que rendit, en naissant, votre Société : j'esquisse faiblement, Messieurs, l'intéressant tableau qu'elle offrit dès son origine.

Associé à vos travaux, je sens tout à la fois, et les devoirs qui me sont imposés, et l'excès de ma faiblesse. La méditation n'eut rien qui effrayat mes jeunes années ; parvenu au temps heureux où l'homme plus sage, plus mûr, sait mieux apprécier toute la valeur d'un jour, je redoublerai de zèle pour justifier vos bontés.

Malheur à celui qu'un glorieux appel laisse immobile et froid ! Ce n'est point là mon cœur, Messieurs ; sensible au grand, au beau, il s'y élance.... Cet amour du beau, du grand, qui l'enflamma de bonne heure, j'ai essayé de le peindre dans le Poëme dont j'ai l'honneur de vous adresser l'hommage ; heureux, s'il mérite un moment de fixer votre attention !

Nota. Je voulais peindre les transports du Génie à l'aspect de la Gloire. J'ai personnifié le Génie; j'ai fait parler cette Puissance à qui sera toujours permis le ton le plus haut , le plus fier.

L'AMOUR DE LA GLOIRE,

POËME LYRIQUE.

Alors que retentit la trompette guerrière,
Qu'abandonnée aux vents la flottante bannière,
Aux belliqueux hasards appelle ses soldats ;
Vois le bouillant coursier du pied battant la terre,
Hérisser ses longs crins, défier le trépas ;
Superbe, il dit, *allons*! Et respire la guerre....
Il souffle la terreur ; sous ses naseaux brûlans,
Roule en noirs tourbillons une fumée épaisse,
Il dévore l'espace, il s'irrite, il se dresse,
Et l'air s'ébranle au loin de ses hennissemens.

Tel s'allume un grand cœur à l'aspect de la Gloire ;
Tel frémit le Génie enflé d'un noble orgueil ;
Intrépide nocher, il dédaigne l'écueil,
Et s'abandonne aux vents, et chante la victoire.
« Trompons l'ingrat oubli des siècles envieux ;
» Croyons-en ce transport qui de mon cœur s'empare,
» J'atteindrai de Tibur le cygne harmonieux,....
» Aux sources de l'éclair je plonge avec Pindare,
» Je triomphe des temps !... Qu'ai-je dit?... Où m'égare
» D'un trop superbe espoir le songe ambitieux ?...
» *Le sort en est jeté*! Loin des vulgaires yeux,
» Fuyons, et s'il le faut, tombons, nouvel Icare,
    » Il est beau de tomber des cieux !!!»

Ainsi, dit le Génie, et d'un aile intrépide,
En vainqueur il s'élance aux sublimes travaux,
Et laisse au loin, sous lui, d'un vulgaire stupide
    — Sourdement murmurer les flots.
Prétendiez-vous borner sa carrière infinie,
Profanes ? Ce besoin d'une immortelle vie,
    Cette soif d'un long souvenir,
Ces rêves enchantés où son ame ravie
Ecoute fièrement la voix de l'avenir
Ont-ils troublé la paix de votre âme engourdie?

    Toi, qui pris vers la Gloire un impuissant essor,
Toi, que brûlent les feux d'une indigne vengeance,
Frémis, sombre Zoïle, à chaque heureux effort
    Du Génie ardent qui s'élance !
Vois se précipiter l'indomptable vainqueur !
Pensais-tu l'arracher de ce char de victoire ?
L'infecter des poisons qui dévorent ton cœur ?..
Tu rampes, et des cieux il atteint la hauteur,
Et n'entend plus, (charmé des concerts de la gloire),
    Frémir ta sauvage fureur...
Des sommets du Liban, le cèdre au front superbe,
Voit-il au pied des monts le débile brin d'herbe ?
Et, monarque des airs, cet aigle audacieux,
Dressant un vol sublime aux plaines du tonnerre,
    Entend-il au loin sur la terre
    Siffler un serpent vénimeux ?

    Vainqueur de l'onde turbulente
    Que brisent ses flancs spacieux,
Le pied dans les enfers et le front dans les cieux,
Vois ce vaste rocher défier la tourmente !
    L'abyme gronde autour de lui,

Autour de lui la foudre gronde ;
Contre les vents, la foudre et l'onde
Sa masse immense est son appui ,
C'est Homère !... Debout sur le gouffre des âges,
De leurs flots inquiets il brave les outrages ,
Il lève chaque jour un front plus radieux ;
Exhale tes fureurs, siffle , horrible reptile !
Les siècles ont flétri Zoïle ,
Homère siége au rang des Dieux !...

Gloire ! Aliment des grandes ames,
Mère des sublimes efforts !
Que sont les grandeurs , les trésors ,
Que sont-ils pour un cœur dévoré de tes flammes?
On ne le verra point aux autels de Plutus
Porter d'indignes vœux dictés par la bassesse ;
Le Pactole est loin du Permesse ;
L'aveugle Dieu de la richesse
N'est point le Dieu qu'encensent les vertus.

Pour le cœur généreux est-il rien qui balance
Ce bruit flatteur et doux , noble prix des travaux ,
Et ces rèves brillans d'une longue existence ,
Que lui-même il se crée au-delà des tombeaux ?
De vulgaires malheurs sont pour lui peu de chose ;
Il peut traîner des fers... Aux destins il oppose
L'orgueil d'un nom fameux , son éclat imposant :
Sur l'avenir son regard se repose ,
Et l'avenir l'a vengé du présent.

Errant, abandonné , courbé sous l'indigence,
Le chantre d'Ilion et d'Achille et d'Hector
Embrasse l'avenir, et riche d'espérance
Pardonne aux caprices du sort.

Emule de Mélésigène,
L'aveugle immortel d'Albion,
Pauvre, errant, mais heureux du charme qui l'entraîne,
Ecoute l'avenir, et riche d'un beau nom
    Absout la fortune inhumaine.

Le ciel s'appesantit sur l'abyme des eaux,
L'Océan s'est ému dans sa prison profonde,
    Les vents sifflent, la foudre gronde,
Et la nuit et la mort enveloppent les flots.
Aux lueurs de l'éclair, sur la vague écumante,
    Jouet des vents, environné de feux,
Lancé du vaste abyme à la hauteur des cieux,
Précipité des cieux sous l'onde mugissante,
Que vois-je ? Est-ce un mortel ? Quel trésor précieux,
    Aux vents, aux flots séditieux
    Dispute sa main frémissante ?
    Triomphez, peuple de Lusus !
Le grand homme a touché la rive hospitalière !
La valeur des Gama, votre audace guerrière,
    Vos travaux ne sont point perdus,
    Les Dieux veillaient sur votre Homère !
Il a sauvé des flots sa gloire, son trésor !
Il peut porter le poids d'une indigne misère,
Il verrait sans pâlir et les fers et la mort...

Oui, la soif d'un grand nom, l'ardent besoin d'estime
Allument le Génie, enflamment la vertu !
    Eteignez cette ardeur sublime,...
Et veuf de l'avenir, l'homme rampe abattu.
    Faible, languissante, inodore,
Ignorant du soleil le regard bienfaiteur,
A l'ombre des forêts, telle on voit une fleur
    Pâlir dès la seconde aurore.

Par un ingrat oubli si nous sommes vaincus
Arrête ! Que fais-tu, généreux Décius ?
   De ton cœur bannis ta patrie!
Et toi que jour et nuit la fièvre du génie
   Tourmente, embrase de ses feux,
Eteins un fol espoir, rougis de ta faiblesse !
La volupté sourit, sa voix enchanteresse
   T'appelle, accours, hâte-toi d'être heureux!

 Tu frémis !.. Loin de toi cette lâche pensée!
D'un vol audacieux dans le temps élancée,
Ton ame avec orgueil plane sur l'avenir !
Fais donc tête au malheur, et suspends le murmure,
Cet avenir t'attend ! il dévoile, il épure
Ton éclat que l'envie essayait de ternir.

 Le monarque du jour, au sein de l'onde amère
Descend ; un sombre deuil enveloppe la terre,
Elle appelle l'instant où ce deuil doit finir ;
Mortel ! astre brillant, fugitive poussière
Sillonne en traits de feu ta rapide carrière,
   Trace un lumineux souvenir !

 Sans se plaindre du sort le grand homme succombe ;
Pour lui la Gloire veille et consacre sa tombe ;
Arrosés de nos pleurs, ses lauriers sont plus beaux,
Redouble, amant des Arts ! Aux fastes de la gloire
Ajoute un nom vainqueur, éclipse tes rivaux;
De l'éclat des vertus enrichis la victoire ;
Au Génie, aux Vertus, fais pleurer ta mémoire,
   Et règne du fond des tombeaux !!

NOTES.

PAGE 27 , vers 6 : « Superbe : il dit *allons*, etc. ;
Ubi audierit buccinam , dicit : *Vah !* Procul odoratur bellum , etc , etc. , (JOB. Cap. XXXIX.)

P. 28 , v. 11 : « *Toi qui pris vers la gloire un impuissant essor.* »

Il est grand le nombre des Zoïles que *l'impuissance* rendit tels. Ils se vengent...

Les chagrins dont je voyais abreuver un homme distingué par des talens supérieurs , allumèrent mon imagination , et j'écrivis ce passage.

FIN.

www.ingramcontent.com/pod-product-compliance
Lightning Source LLC
Chambersburg PA
CBHW070302220626
46818CB00018B/2139